MW00682600

ISBN : 2-07-050956-7

Numéro d'édition : 80581
Loi n° 49-956 du 16 juillet 1949
sur les publications destinées à la jeunesse
Dépôt légal : février 1997

Imprimé en Italie par la Editoriale Libraria

Gallimard Jeunesse

# Poésies, Comptines et Chansons pour rire

Illustré par Donald Grant,
Pierre de Hugo, Anne Logvinoff,
Sylvaine Pérols, Christian Rivière,
Etienne Souppart, Valérie Stetten,
Pierre-Marie Valat

Il é- tait un pe- tit hom- me, Pi- rouet- te, ca- ca-
-houè- te, Il é- tait un pe- tit hom- me qui a- vait
une drôl' de mai- son qui a- vait une drôle de mai- son.

HAUT
BAS

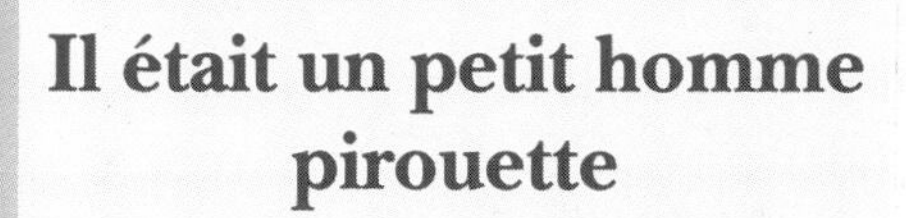

# Il était un petit homme pirouette

Il était un petit homme,
Pirouette, cacahouète
Il était un petit homme
Qui avait une drôle de
maison. *(bis)*

La maison est en carton,
Pirouette, cacahouète,
La maison est en carton,
Les escaliers sont en
papier. *(bis)*

Si vous voulez y monter…
Vous vous casserez le
bout du nez.

Le facteur y est monté…
Il s'est cassé le bout du nez.

On lui a raccommodé…
Avec du joli fil doré.

Le beau fil s'est cassé…
Le bout du nez s'est envolé.

Un avion à réaction…
A rattrapé le bout du nez.

Mon histoire est terminée...
Messieurs, Mesdames,
applaudissez !

## La sardine

Dans sa boîte de fer-blanc
on enferma la sardine.
Et depuis, ça fait
longtemps,
la pauvre, qu'elle marine !

Gilbert Delahaye

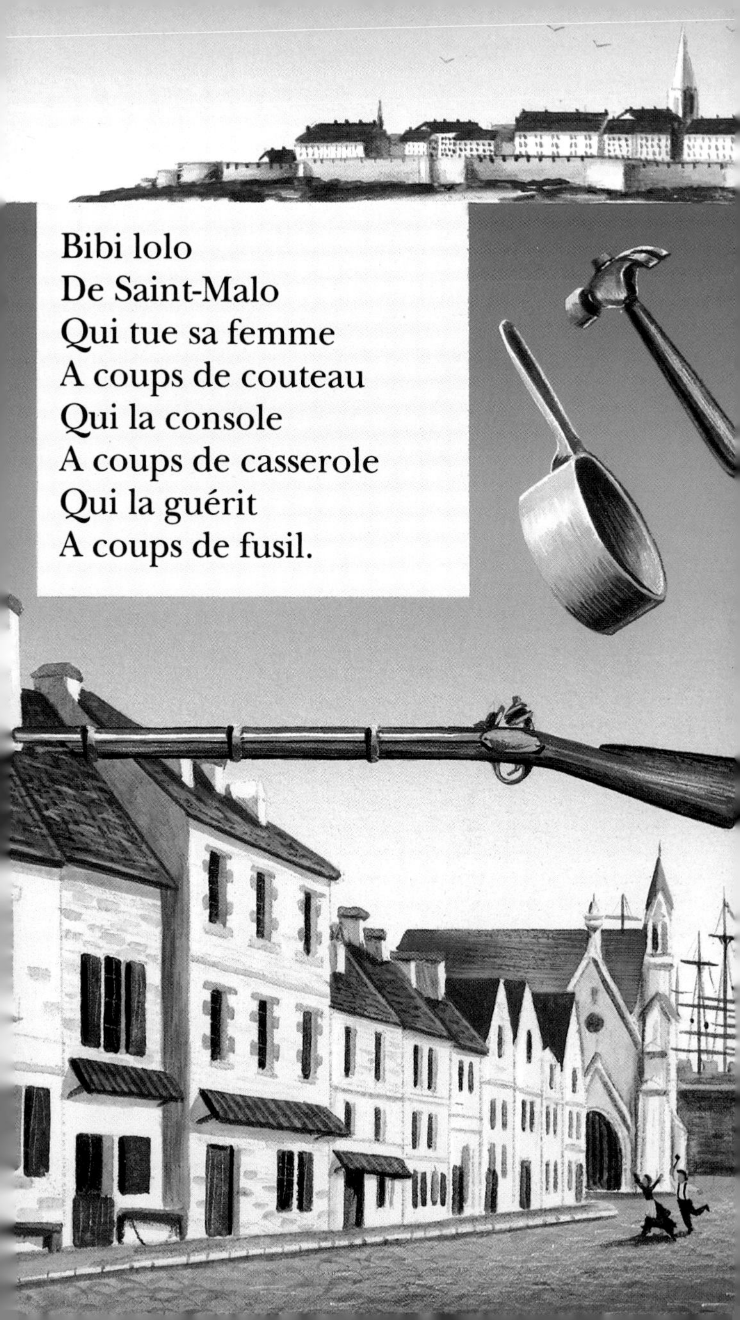

Bibi lolo
De Saint-Malo
Qui tue sa femme
A coups de couteau
Qui la console
A coups de casserole
Qui la guérit
A coups de fusil.

# Un moineau

Un moineau
Sur ton dos
Ça picote *(ter)*
Ton chapeau

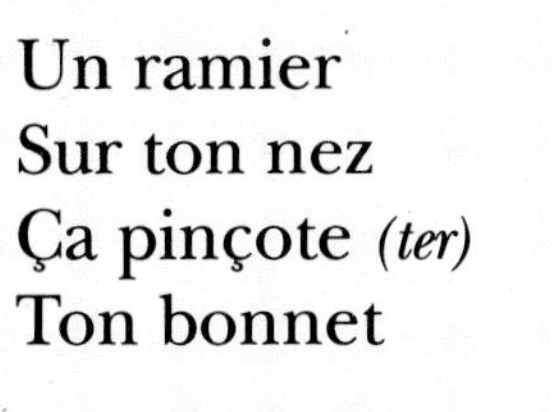

Un ramier
Sur ton nez
Ça pinçote *(ter)*
Ton bonnet

Une mouette
Sur ta tête
Ça dépiaute *(ter)*
Ta casquette

Un coucou
Sur ton cou
Ça bécote *(ter)*
Tes deux joues.

Henri Dès

## Métamorfauve

Fatigué de ses rayures,
un tigre voulut changer
de parure.
Il s'assit sur un banc
peint de frais
… et repartit tout écossais.

Lucie Spède

Roudoudou n'a pas
de femme,
Il en fait une avec sa canne,
Il l'habille en feuilles
de chou,
Voilà la femme
de Roudoudou !

1. Le bon roi Da- go- bert A- vait sa cu- lotte à l'en-

-vers. Le grand saint E- loi lui dit : « O mon Roi, Vo- tre

Ma- jes- té Est mal cu- lot- tée. » « C'est vrai, lui dit le

roi, Je vais la re- mettre à l'en- droit. » —

## Le bon roi Dagobert

Le bon roi Dagobert
Avait sa culotte à l'envers.
Le grand saint Eloi lui dit :
«O mon Roi, Votre Majesté
Est mal culottée.»
«C'est vrai, lui dit le roi, je
vais la remettre à l'endroit.»

Le bon roi Dagobert
Chassait dans la plaine
d'Anvers.
Le grand saint Eloi lui dit :
«O mon Roi, Votre Majesté
Est bien essouflée.»
«C'est vrai, lui dit le roi,
Un lapin courait après
moi.»

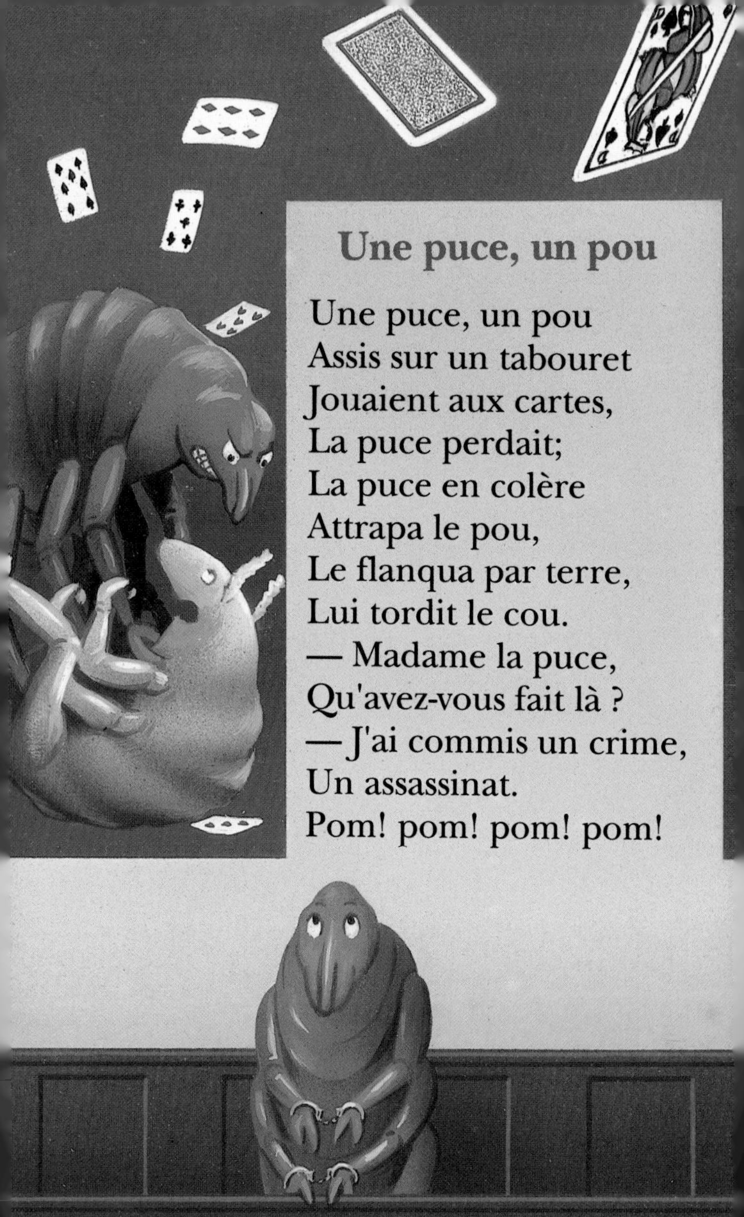

## Une puce, un pou

Une puce, un pou
Assis sur un tabouret
Jouaient aux cartes,
La puce perdait;
La puce en colère
Attrapa le pou,
Le flanqua par terre,
Lui tordit le cou.
— Madame la puce,
Qu'avez-vous fait là ?
— J'ai commis un crime,
Un assassinat.
Pom! pom! pom! pom!

1. Sa- vez - vous plan- ter les choux, A la mo- de, à la
mo- de, Sa- vez - vous plan- ter les choux, A la mode de chez nous ?

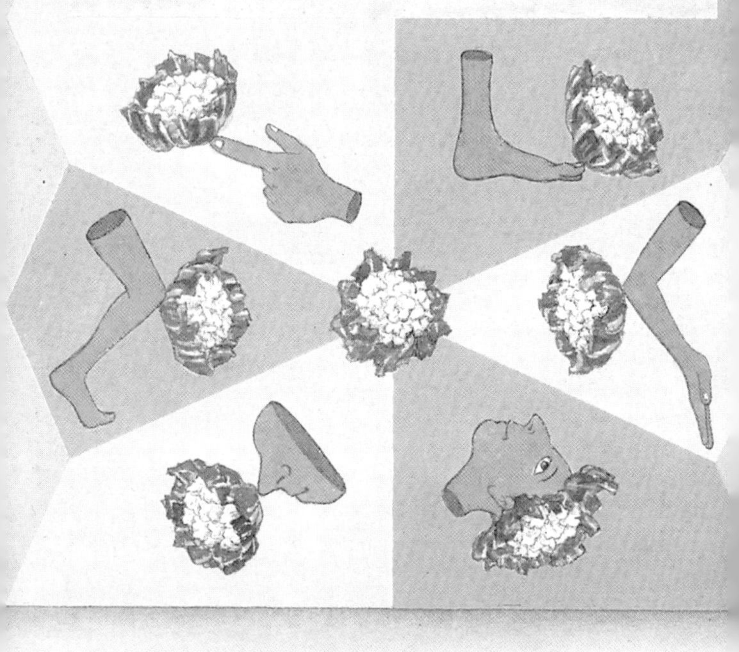

## Savez-vous planter les choux ?

Savez-vous planter
les choux,
A la mode, à la mode,
Savez-vous planter
les choux,
A la mode de chez nous?

On les plante avec le doigt,
A la mode, à la mode,
On les plante avec le doigt,
A la mode de chez nous.

On les plante avec le pied.

On les plante avec le genou.

On les plante avec le coude.

On les plante avec le nez.

On les plante avec la tête.

## Dans cette ville

Dans cette ville,
il y a une rue
Tordue.

Dans la rue,
il y a une maison
Marron.

Dans celle-ci,
un petit jardin
En coin.

Et dans le jardin,
un magnolia
Sépia.

Dans le magnolia,
il y a un nid
Joli.

Dans le nid,
il y a un œuf
Tout neuf.

Et dans l'œuf,
il y a un lapin
Malin.

Qui bondit, atterrit
Sur ton nez retroussé.

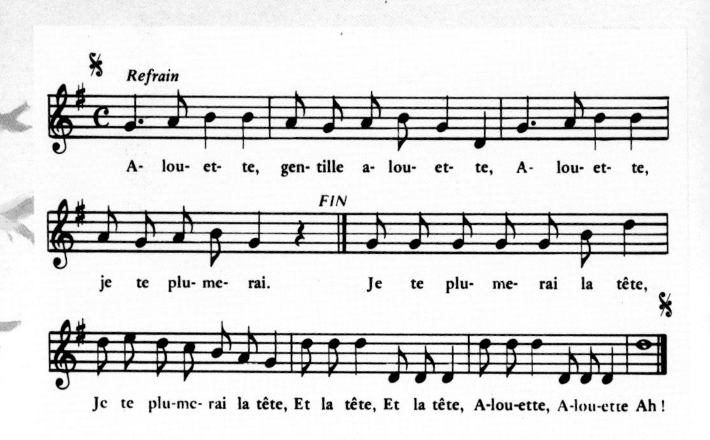
Refrain
A- lou- et- te, gen- tille a- lou- et- te, A- lou- et- te,
FIN
je te plu- me- rai. Je te plu- me- rai la tête,
Je te plu-me- rai la tête, Et la tête, Et la tête, A-lou-ette, A-lou-ette Ah !

# Alouette

*Refrain*

Alouette, gentille alouette,
Alouette, je te plumerai.

Je te plumerai la tête *(bis)*
Et la tête *(bis)*
Alouette *(bis)*
Ah !

Je te plumerai le bec *(bis)*
Et le bec *(bis)*
Et la tête *(bis)*
Alouette *(bis)*
Ah !

Je te plumerai les yeux.

Je te plumerai le cou.

Je te plumerai les ailes.

Je te plumerai les pattes.

Je te plumerai la queue.

Je te plumerai le dos.

## L'araignée

Sur le plancher,
Une araignée
se tricotait des bottes

Dans un flacon
Un limaçon
enfilait sa culotte

J'ai vu dans le ciel
Une mouche à miel
Pincer  sa guitare

Le rat, tout confus,
sonnait l'angélus
Au son d' la fanfare.

1
J'ai vu dans la lu _ ne Trois pe _ tits la _ pins
Qui man_geaient des pru _ nes Comme trois co _
2
_ quins. La pipe à la bou _ che, Le verre à la
main, Ils di_saient: Mes _ da _ mes, ver _ sez - nous du vin

## J'ai vu dans la lune

J'ai vu dans la lune
Trois petits lapins
Qui mangeaient
des prunes
Comme trois coquins.
La pipe à la bouche,
Le verre à la main,
Ils disaient : Mesdames,
Versez-nous du vin !

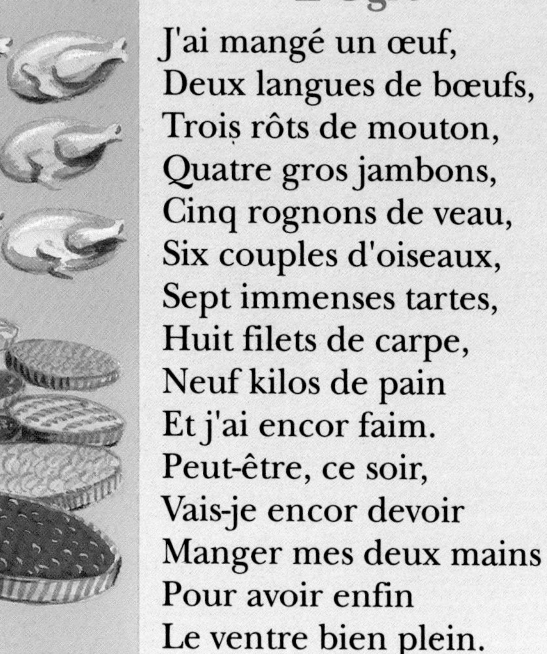

## L'Ogre

J'ai mangé un œuf,
Deux langues de bœufs,
Trois rôts de mouton,
Quatre gros jambons,
Cinq rognons de veau,
Six couples d'oiseaux,
Sept immenses tartes,
Huit filets de carpe,
Neuf kilos de pain
Et j'ai encor faim.
Peut-être, ce soir,
Vais-je encor devoir
Manger mes deux mains
Pour avoir enfin
Le ventre bien plein.

Maurice Carême

musique de Jacques Douai

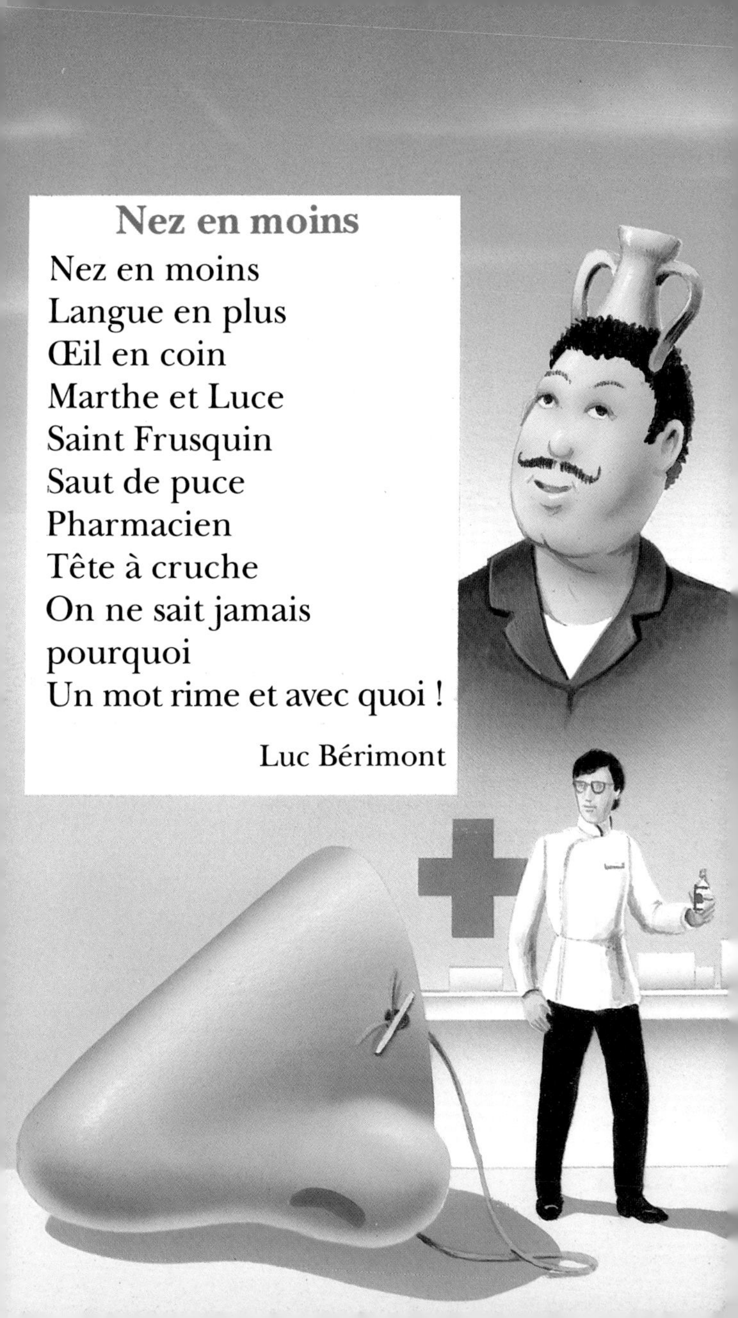

## Nez en moins

Nez en moins
Langue en plus
Œil en coin
Marthe et Luce
Saint Frusquin
Saut de puce
Pharmacien
Tête à cruche
On ne sait jamais
pourquoi
Un mot rime et avec quoi !

Luc Bérimont

## Mille-pattes

Un mille-pattes
à un mariage invité
N'y est jamais arrivé
Car il n'a pas pu achever
De lacer tous ses
souliers...

Lucie Spède

## La barbichette

Je te tiens
Tu me tiens
Par la barbichette.
Le premier
De nous deux
Qui rira
Aura une tapette

## Mon âne

Mon âne, mon âne a bien
mal à sa tête;
Madame lui fait faire
un bonnet pour sa fête.
Un bonnet pour sa fête
Et des souliers lilas, la la
Et des souliers lilas.

Mon âne, mon âne a bien
mal aux oreilles;
Madame lui a fait faire une
paire de boucles d'oreilles.

Une paire de boucles
d'oreilles,
Un bonnet pour sa fête,
Et des souliers lilas, la la

Mon âne, mon âne a bien
mal à ses yeux;
Madame lui a fait faire une
paire de lunettes bleues.

Mon âne, mon âne a
bien mal à son nez;
Madame lui fait faire
un joli cache-nez.

Mon âne, mon âne a mal
à l'estomac;
Madame lui fait faire
une tasse de chocolat.

Un petit cochon
Pendu au plafond.
Tirez-lui la queue,
Il pondra des œufs.
Tirez-lui plus fort,
Il pondra de l'or.
De l'or ou de l'argent ?
— De l'argent.
— Tu seras dedans.
— De l'or.
— Tu seras dehors.

Luc Bérimont : Nez en moins
(*Mon premier livre de chansons*,
Ed. Ouvrières, 1979)
Henri Dès : Un moineau (*Mon premier livre de chansons,* Ed. Ouvrières, 1983)
Gilbert Delahaye : La Sardine (extrait de poèmes pour rire, Ed. Ouvrières)
Lucie Spède : Mille-pattes,
Métamorfauve, (*La poésie comme elle s'écrit*, Ed. Ouvrières, 1972)
Maurice Carême : *L'Ogre*
(© Maurice Carême, 1970)

Nous remercions les auteurs
et éditeurs qui nous ont autorisés à reproduire textes ou fragments de texte dont ils gardent l'entier copyright (texte original ou traduction). Nous avons, par ailleurs, en vain, recherché les héritiers ou éditeurs de certains auteurs.
Leurs œuvres ne sont pas tombées dans le domaine public. Un compte leur est ouvert à nos éditions.

**Si tu as aimé ce livre, voici d'autres titres de la collection folio benjamin adaptés à ton âge**

**Janet et Allan Ahlberg** Prune pêche poire prune, 65
**Janet et Allan Ahlberg** Le livre de tous les bébés, 279
**Janet et Allan Ahlberg** Bizardos, 59
**A. Ahlberg / A. Amstutz** Les Bizardos et le chat noir, 266
**A. Ahlberg / A. Amstutz** Les Bizardos et le train fantôme, 275
**A. Ahlberg / A. Amstutz** Les Bizardos et les mystères de la nuit, 287
**A. Ahlberg / A. Amstutz** Les Bizardos rêvent de dinosaures, 265
**A. Ahlberg / A. Amstutz** Quel vacarme chez les Bizardos, 272
**Anonyme / E. Blegvad** La véritable histoire des trois petits cochons, 87
**Quentin Blake** Martin, 274
**Ruth Brown** Une histoire sombre, très sombre, 95
**Ruth Brown** La petite éléphante qui avait oublié quelque chose, 248
**Ruth Brown** Premières vacances, 235
**Gus Clarke** Pat, l'ami fidèle, 296
**Gus Clarke** Vraiment trop d'ours, 285
**André Dahan** Mon amie la lune, 263
**André Dahan** Bonne nuit petite lune, 290
**André Dahan** Hélico et l'oiseau, 276
**Etienne Delessert** Comment la souris reçoit une pierre sur la tête…, 3
**Stephen Gammell** Réveille-toi, c'est Noël ! 57
**Anita Harper / Susan Hellard** C'est trop injuste ! 192
**Anita Harper / Susan Hellard** De mieux en mieux, 257
**David Lloyd / Charlotte Voake** Canard, 270
**Mercer Mayer** Il y a un alligator sous mon lit, 223
**Mercer Mayer** Il y a un cauchemar dans mon placard, 76
**David McPhail** Un lion dans la neige, 109
**David McPhail** Nina et la télévision, 128
**Monique Ponti / Claude Ponti** La lune, la grenouille et le noir, 202
**R. Rener / J. Duhême** Une toute petite petite fille, 291
**Tony Ross** Je veux mon p'tit pot ! 142
**Tony Ross** Je veux grandir ! 271
**Tony Ross** Je veux manger! 297
**Rosemary Wells** Ma maman sait tout faire, 204
**Jeanne Willis / Susan Varley** Bébé monstre, 206